KB062649

살포시 그대 품에 안기고 싶다

조국형 시집

살포시 그대 품에 안기고 싶다

다차원
북스

빈길
길손으로 와서
며칠 잘 놀다가

다시
바람결에

구름처럼
떠나는

나그네

무슨 하고 싶은 말들이 그리도 많은지….
늘 하고 싶은 말을 가슴에 담고 열심히 살아야 했다.
그건 어쩔 수 없는 현실이었다.

나에게 글을 쓴다는 것.
그것은 세월의 흐름에 순응하며 살아오는 날들에서 조금은 허망한 것
이 삶이라고 느껴지는 순간, 그 허기를 채우는 질 좋은 간식이었다.
아니, 향기로운 차 한 잔을 마시는 것 같은 기분이 좋은 위안이었다.

어느 날, 갑자기 늦가을 바람이 내 가슴을 휘젓고 갔다.
그 바람은 나에게 이 해를 넘기기 전에 뭔가 점을 하나 찍고 싶다
는 열정에 불꽃을 피우게 했다.
그리고 그것은 내 삶의 흔적을 오색실로 엮으며
또 다른 즐거움과 기쁨을 주기에 충분했다.
언제까지 끌어안고 있어야 할까?
봄이 되었는 데도 벗지 못하고 있던 겨울 코트를 벗는 느낌이다.
상쾌하다.
그리고 또 다른 몸짓을 생각해 본다.

맑고 고운 시월의 가을밤
달은 높고
물은 깊어
물가오리 오늘따라
긴 목 더 길어 보이는 날

세월은 길을 내고
길은 시간을 읽고
사람은 성장하여 사랑이 되고…

더 많이 사랑하겠습니다.

차례

2

살며 웃으며

3
아내의 방

4

아름다운 여운

부모님
둥지에 있던 시절
지금은
내 둥지에 부모님을
담고 있다.

내 새끼 품어 안으며
비로소
깨닫게 된
부모님 깊은 사랑

1
내 둥지

인생

바람결에

빈길
길손으로 와서
며칠 잘 놀다가

다시
바람결에

구름처럼
떠나는

나그네

노란 달빛

호젓한 늦가을 저녁
마당에 나와 보니

얼비친 장독에 눈이 시리고
소나무 솔가지 사이로
노란 달빛이 살랑살랑하다.

장독대에 서려 있는 소슬함에서
노란 계란 정한 수에 띄워서
가족의 평안을 기도하시던
50년 전 할머니의 모습을 본다

달빛 속에 항상 계시다.

그리운 아버지

역대 최고 당첨금이 걸린
미국 파워볼 복권에 온 세상이
떠들썩하고 시끄러운데

너도 나도 일확천금을 꿈꾸며
구입하는 로또복권
그 복권이라는
단어를 떠올릴 때마다

오백 원짜리 복권이 라면상자
가득했던 아버지의 유품
생각에
내 마음은 바위처럼 무거워진다

넉넉하지 않았던 살림살이
제비새끼처럼 어미만 쳐다보는
자식들 품어 안으며
긴 한숨으로 하루를 시작하셨을
아버지

얼마나 절박하셨을까?
간절한 바람으로
당첨되기를
복권 한 장, 한 장을 잡으시며
가슴앓이를 하셨을까?

푸른 하늘 보다 더 높은
아버지의 자식 사랑을 생각하니
오늘따라 너무도 그리워진다

한 상자 가득했던 아버지의 유품
로또복권

울 엄마

온몸의 실타래
한 올
한 올 다 풀려나가
심지 하나만
달랑

울 엄마 가슴에는
세상의 전부가 되어 버린 아들

아침저녁으로 하루에 두 번
아들 목소리를 들어야
밥숟가락을 뜨시는

자식 품에 녹아들고 싶은
노을 진 석양녘에
저무는 꽃 한 송이

장모님

고린도전서 1장 13절

쓰디쓴 것 모두 다
삼켜 버렸네

토해 내려 짐작도 못하고
꾹꾹 담아 놓으시는

살아 있는 자식들은 영원히 모를
마음 속 깊은 곳에 꽁꽁

꺼지지 않는 슬픔 한 송이
감추어진 채 자라고 있네

우리 장모님
가슴 속

멋 내기

구부정한 허리
두 무릎 지팡이 삼아
계단을 재시는 할머니
무거운 발걸음

속은 파뿌리 같은 검은 염색머리
골 깊은 주름 세월을
증명하듯 검버섯은 훈장 같이

모래사장 밀물에 물 차오르듯이
세월 같은 물결은 번져 가는데

지나온 시간을 할머니는
무슨 색으로 염색을
하고 계실까?

김장

자연산 배추 열 포기
어머니 마음 담아
첫새벽을 달려 왔네

배추 잎 속에 곱게 포개어진
사랑을 한 겹씩 펼치며
그리움을 켜켜이 넣어

겨울 내내 고향 냄새 맡으며
혹독한 겨우살이 양식
정을 담는다.

팔불출

늦은 밤
멀리 있는 큰아들 문안인사에
잠이 깨어 서성이다가

달빛에 온몸 적시우고
짙은 산 그림자에 생각 묻히니
아들 생각 절로 난다

밤하늘 달과 별의 깊은 인연처럼
하나 된 사랑
그리움에 달은 이울고

밤은 깊어 삼경인데
그리운 아들 얼굴
달빛에 얼비쳐 빛난다

나룻배

큰 꿈을 안고 먼 이국으로 잠시
애비 품을 떠나는 우리
큰아들

눈빛 마주치면 이슬 맺힐까
굳은 결심에 얼굴을 돌린다
배웅 나온 우리 앞에 출국장 문이 닫히니

눈빛 마주하고 싶은 엄마를
발길은 발길에 채여서
출국장 문 다시 열리고

가슴에 쓰나미처럼 밀려오는
헤아릴 수 없는
퍼런 아련함이여

2년을 기다려야 한다

청 칼국수

비슬비슬 내리는 가을비 속에
서대문 골목길을 걷다가

우연한 칼국수 생각에
가게 문을 열고 들어가 보니

물컹한 바다 냄새
면발 속에 배어 있는
냉이 냄새와 풀잎 향에

돌아가신 어머니 생각나
물코 트여진 논둑처럼
엉엉 울어버리고 말았네

어머니는 오늘 아들이
많이도 보고 싶으셨나 보다

오만 원 지폐 두 장

구순을 바라보시는 어머니
한쪽 눈은 실명하신지 몇 해
드시는 것도 변변치 못해

시간이 많이 남은 것 같지는 않아
더 오래 사시라는 축원 속에
생신잔치를 해드렸다네

집 안 정리하다가 서랍장에서 나온
오만 원 지폐 두 장
"생일 준비하느라 고생 많았지"

어물어물한 글씨에
조물조물 빚어놓은 어머니 마음을 보니
서러워져서 눈물 떨구네

화롯불

하얀 눈 수북이 쌓이던 날
내 어린 시절
외줄썰매 타면서 신나게 씽씽
눈싸움을 하면서
손이 꽁꽁 언 날엔

정 깊은 할머니는
안방에 화롯불 지피시고
손자의 시린 손
어루만져 주시곤
하였었지

김 냄새 모락모락 날아오르면
계란처럼 하얀 노란 감자를
호호 따스한 입김으로
열기를 식히곤 하였는데

그해로부터 내 마음에서
오십 년을 커지고 자라
하늘의 달이 된 화롯불에서 익어가던

그 겨울의 감자와
할머니의 주름진 얼굴이
생각이 난다

아들의 마음

아들과 함께하는 여행길

캘리포니아 1번 도로
카멜에서 양키 포인트로 가는
길가에서

태평양의 바닷물이
비취색인 것을 알았네

바다가 이루는 조화와 균형
수평의 아름다움과
채울 수 없는 넉넉함에

free way로 내달려 갈수도
있었으련만

꼬불꼬불한 해안 국도를 택한
아들의 마음을

그 바다에서 본다네

아버지

새벽 짙은 어둠이
간밤의 하얀 눈과 섞이어서
호수 건너 산허리를 신령스럽게 한다.

호수를 유영하는 물안개 속에서
30년 전 돌아가신 아버지의
환영을 본다.

엄마는 잘 계시니
아이들은 잘 크고

그 순간 나는
무던히도 아버지와 다투었던
시간이 멈춰진 과거로 돌아간다

아버지의 손이 보인다
뼈마디가 굵고 손바닥에 못이 깊게 배인
남자의 자존심을 지켰고
가정을 일구고 나를 키우셨던
아버지의 크고 넓은 손

아버지의 등이 보인다
때 밀어 드릴 때 보았던
연식이 오래된 자동차 배기관처럼
낡지만 넓었던 어깨와 구부러진 등

아버지의 눈이 보인다
따스한 눈빛으로 한세상을 사셨던
눈이

가난하지만 선하게 사신 아버지는
하늘나라에선 큰 부자가
되셨을 거다

훌쩍 아버지의 나이가 되어버린 내가
세상사 이리 고단한데

꽁꽁 언 호수 위에 내 던져진
돌멩이처럼 춥고, 외롭던 그 시절에
갈색 하늘 버겁게 어깨에 메고
배의 닻 보다 더 무거운

가족의 멍에를
어찌 감당하셨을까,

오늘 문득
잔소리하시던 그 목소리
그립다

그리움에는 소리가 없다.

겨울의 문턱

겨울비에
낙엽 지고
냇가의 물 아래로 흘러간다

물소리 컬컬하고
칙칙한 회색 하늘
물속에서 담금질한다

비 끝물에
나뭇잎 물방울 스치는
소솔한 바람소리

새파랗게 차다
물차다
마음 차다

그리움 1

물 같은 세월
흐르고

어느 날
문득
내 곁을 떠난 사람들

그 얼굴
솔가지 사이로
달빛처럼
바위처럼

내 가슴에 머문다

그리움 2

이른 새벽
하늘의 구름은
어디로 그리 달려가는지

해님은 구름 사이로
마당 소나무에
햇살 쏟아 붓는데

소나무 사이로 보이는 하늘엔
구름 한 점 보이지 않아

잔잔한 호수 위를
날렵하게 차고 오르는 물새처럼
그리운 얼굴이
환하게 웃고 있는

새벽 눈

잠에서 깨어 보니

새벽어둠은 온통 흰색으로
도배한 듯
온 세상 위에 살포시 새벽 눈이
내려앉았네

간밤의 곤한 잠은
하얀 눈 담요가 포근히 나를
감싸주었기 때문이었다네

앞마당에
고라니 발자국
고양이 발자국
알 수 없는 동물의 발자국들

밤의 손님들
미숙하게
흔적 남겨 놓았네

그 신부님

빛바랜 앨범 그 속에 웃고 있는
정다운 얼굴
옛 기억들 더듬다가
문득, 그리움으로 젖어든다

한잔 술에
묵은지가 되어 버린 이야기들
누에고치 실처럼 풀려
얽히고 설키는데

졸업하고 제 갈 길을 갔던
친구들
수십 년 만에 처음 만나는 자리
어디에서 무엇을 하고
어떻게 변했을까?

두근두근 설레는 호기심
그런데 낯선 모습
신부님 한 분

마음과 마음은 여전하고
마주보는 눈빛은 여전히 내 친구
피어나는 우정의 꽃
눈이 부시도록 빛나는 모습
차마
이름을 부르지도 못한다

신부님이 되신
내 친구

아들의 생일

아들의 생일상을 전화로 대신하는
아내의 마음은 어미닭이 계란을 품듯이
처음부터 하나였다

신이 주신 더 넓은 공간을 찾아
집을 떠나간 지 벌써 십여 년

햄버거로 생일상을 대신하는 것은 아닌지
청국장 냄새를 잃어버린 것은 아닌지

꿈속에 나타난
스파게티 면발을 휘감은
노란머리의 아들 생각에

갈무리되지 않는 마음
일상의 행복이
그리워지는 시간

핏줄

외삼촌 이마 깊게 패인 주름 속
시퍼렇게 멍든 세월
목에 걸린 가시 같은
새 한 마리

잠자는 숲속의 공주처럼
마법이 풀리는 날
몽고반점 같은 탁한 흔적들
눈물로 씻기어 사라지고
하얀 꽃으로 빛나는 날

눈부신 고운 각시되어
기쁜 눈물 흘려도
그저 마냥 더없이 기분 좋은

조카의 결혼식 날

농부의 마음

수술실에 누워 보니
보석처럼 내 심장에 박혀 버린
첫손자 현율이 얼굴뿐이라네

홀어머니와 외아들 여동생 태운 기나긴 항해 길
검불덤불 엉킨 털실처럼
자루에 다 담을 수도 없는
수많은 이야기들

"아버님 현율이 동생이 생겼어요"
50년 묵은 짐 한순간에 사라지는
이처럼 기쁜 소식 있을까

건강하거라
행복하거라
형제간에 사이좋게 지내거라

가을걷이 농부의
바빠지는 마음
누가 알리오

환자 대기실에서

병원 침상에 어머니가 누워 계신다
푹 꺼져 가라앉은 몸
저 깊은 안자락에서
흘러나오는 탁한 숨소리

내일을 알 수 없는 침묵 속에서
비정상과 정상의 뒤섞임에서
아래로 향하는 무게의 중심을 잃고

시간의 질서가
혼돈 속에서
힘겹게 걸어가고 있다

하루만큼은 신이 되고 싶다

어느 가을밤

육십을 바라보는
할머니가 다된 딸들이

구십에 못 미치는
늙은 노모와 함께

가을밤에 김장을 담근다

배추 절이는 솜씨가
영 마음에 차지 않은 듯

할머니가 된 딸들에게
노모의
김장 강의는
한 시간째 계속되고

할머니가 된 딸들은 계급이 높은
엄마 할머니에게
치기어린 어리광도 부리며

아는 것도 모른다는 듯이
답하기 쉬운 질문도 던져가며

순한 초등학생처럼
애교어린 눈빛으로
노모의 마음을 듣는다

그렇게
배추 잎을 켜켜이 쌓아 넣으며
가을밤은 익어가고

같이 늙어가는 네 여자들의
살아가는 이야기는
밤새는 줄 모른다

가을 이야기

창문 바깥에는
바삭바삭한 노란 은행잎들
바람 그네를 타고

거실 안에는
신혼 여행길의 풋사과 청년이
또래가 된 밤꽃 냄새의 아들들과
사진 속에서 웃고 있는

세월 속에
짓눌려서 으깨어진 감자 같은
얼굴에 미안하기도 하고

철없던 아들들이
잘 자라 주어서 고맙기도 한

한 뿌리의
닮은꼴과 다른 꼴 사이
어제와 오늘을 찾아가는

감사하고 또
감사하고
그리운 추억들이
진실이 되어 가는

고라니

길가 옆에
두려움 가득한 눈으로
차량의 불빛을 피하려는
고라니의 몸짓 하나 있다

몇 번이고 일어서려다
뒷다리로 몸의 중심이
풀리기를 수차례

눈망울 속에는
어두운 산 그림자로 가득하고

까마득한 그리움에
허공을 향해 외쳐도 보지만

되돌아오는 소리 없는
어둠 속 한 생명을

12월의 시퍼런 달빛이
내려앉는다.

바람 부는 날도 있었다.

봄바람인가 했더니
어느 날
태풍으로 몰아치고
또 때로는
소슬 바람이 되어
내 얼굴을 간질이기도

그렇게
살며 웃으며

2
살며 웃으며

하산일기(下山日記)

길을 따라 오르다 보니
산길을 내려올 때가 되었다네

작은 오솔길 홀로 외롭다가
갈라짐과 합쳐짐을 반복하고
좁은 계곡 물은 시냇물로 흘러가는데
개울물이 되고 강물이 되어 흘러가는데

오래전
편한 길과 가슴 설레게 하는 길 사이에서
침묵하고 바라보다 편한 길을 택했네

산 위에서 내려다보니
오르려고만 하는 사람들은 외로이
정상에 갇혀 버렸는데
내려가는 물은 바다의 넉넉함이
모두를 품어 주고 있네

동창회

소나무 그늘 고즈넉한 그곳에
옛 벗들 모여 정다운 시간에 머문다.

보고 싶은 마음이 급했는지 일찍 보이는 모습들에서 정겨움이 풍긴다. 퇴역군인 같은 세월의 흐름을 느끼지만 열정으로 모인 친구들이다. 뜨거운 열기가 느껴지는 자리다. 검은 머리에는 흰서리 내리고 어쩔 수 없이 떠나보내야 하는 것들이 많아지는 때다. 힘겹게 살아온 삶 이렇게 편한 날이 몇 날이나 남아 있으리.

순간을 영원으로 간직하는 추억의 증표
취기에 모든 시름은 잊어지고 코흘리개 천진했던
오래된 추억 실타래 풀리듯 술술

송하일식집 간판 불 꺼지고 문 내린지도 한참인데
그래도 우린 헤어질 줄 모르고
첫새벽 하늘이 하얗게 밝아온다

수원고등학교 31회 동창회

솔로몬의 지혜

뒤에서 보니
팔짱을 끼고 가는 모습이
분명 사이좋은 연인관계다

사랑에 견주어서
시장을 볼 때만큼은 카트 맨이
되어서 뒤를 쫓기가 바쁜데

보이지 않는 마음밖에
줄 것이 없는 나는
후순위일 수밖에 없으니

일용할 양식이 고픈
아들의 선택은
얼마나 현명한가

얼굴 찾기

우리 모두
잃어버린 얼굴을
찾아서 가자

살면서
네모지고 각이 지어져
뾰족해진 얼굴들

세상에
아이가 처음 나왔을 때처럼
환하고 둥글게 만들어 보자

서로의 아날로그 얼굴을
찾아서 가자

그래서 서로가 서로에게
방긋한
웃음이 되자

착각

카톡 주소록을 검색하다가
이토록 많은 번호 중에는

이미 과거가 되어버린 사람들과

한 해가 다 지나가도록
쪽지 한 번 보내지 않는 사람들과
가벼운 대화로
인연의 끈을
이어가는
사람들이 대부분인데

그래도 통화량이 제일 많은 것은
내 가족들이고
그중에서도 단연 아내인데

나는 오늘도 아내는
뒤로 물리면서

구멍 뚫린 시루바닥처럼

내용 없는 번호들만
뒤척거리면서

누룩에 부풀려진 찐빵처럼
허세만 부리고 있다

사랑의 다리

성남시 장애인 복지회관에 가면

휠체어에 의지해서
사람과 사람
사이에 놓여진
사랑의 다리를 건너다니는
장애인들을 보게 되는데

그 다리를 건너고 있는
장애인들의 표정이
얼마나 행복해 보이는지
슬며시
그 다리를 건너고 있는
내 마음을 보게 된다

성남시 장애인 복지회관의
마음과 마음으로
감동이 물결쳐 흐르는
장애인들의 사랑의 다리는

보는 사람들로 하여금
마음을 활짝 열고
함박 웃음꽃을 피우게 한다

목욕탕

동네 길모퉁이 건너편
목욕탕 속엔
호랑이가 되고 싶어
용이 되고 싶어
두꺼비가 되고 싶어
문신
셋이 앉아

고산준봉
물안개 자욱한 곳
도 닦는
스님들처럼
뿌연 허공을 응시하며
지극히 앉아 있다

사람으로 환생하고 싶어
천년을 기다려온
구미호
전설도 있는데

전생에
무슨 죄가 그리 무거워
동물의 허울을 뒤집어쓰고
살아야 하는 걸까?

오래 몸을 담고 있으면 있을수록
뜨거운 열탕 안은
업보가 하나둘 벗겨지는지
둥둥 떠다니는
그들의 허물을 본다

하루를 보내면서

하늘과 바다와 야자나무와 바람
그리고 밤하늘의 별빛

가족 안으로 녹아드는
따사로운 이야기

자유
하느님이 주신 가장 소중한 선물

가정
하느님이 숨겨 놓은 또 하나의 보물

사랑
그 모든 것

우리 모두는 무엇을 위하여 사나
하느님이 주신 이 풍요로움을
즐기기 위하여

고맙고도 감사한 날이었습니다

라스베이거스

한낮에는 태양 볕에 몸을
숨겼다가
밤이 되면 거대한 공룡으로
변해가는 곳

밤이 깊어 갈수록
한낮이 되어가는 도시는
더욱 선명해지고 투명해지고

도로 위를 달리는 타이어의
접착면처럼
한시도 생각의 공간이 비어 있지
않은 곳
하늘의 별빛을 지상의 빛이
가두어 놓는 곳

만남과 헤어짐이 일상이
되어 버린 곳

라스베이거스에 왔다

중독

먹은 뒤에 알았네

독 중에 가장 맛있는 독

독 중에 가장 독한 독

스마트폰 중독

바램

나 오늘만은

솔가지에 잠긴 바람처럼

살포시 그대 품에 안기고 싶네

그대 머릿결 속에 젖어들고 싶네

그대 가슴에 구름이고 싶네

하나의 이름이고 싶네

오늘 하루만은

탈모

지리산 계곡에 물 쓸려 내려가듯
왼쪽 머리털을 반대편으로
억지로 당겨 내려도
이젠

그 빛나는 눈부심을
막지 못 한다
두피관리 2개월째
솜털은 날 기미를 보이지 않는다
두피관리사 왈
"일단 밭을 갈아 엎어야 합니다"
온 머리를 통돼지구이 하듯이
발모제 목욕을 한다

콩 심은데 콩 나고
팥 심은데 팥 난다는
속담을 신앙처럼 믿으며

기다릴 것인가
심을 것인가

목욕탕 박씨

우리 동네 금강목욕탕의
때밀이 박씨는

일 년 내내 땀 흘리며
남의 등을 밀고 있다

세상사 모든지 때가 있는 법이라며
때는 잘 불려야 밀어지는 것이라며
때를 기다려야 한다고 흥얼거리며

오늘도 땀 흘리며 때를 밀고 있다

첫사랑

깊은 밤 고요한 저 허공
어디에서
어둠 하나 홀연히
촛불 안으로 녹아든다

흐늘흐늘 촛불 속에 열여덟
첫사랑 카다리나
얼굴 살갑다

열아홉에 하늘로 올라가
별이 되었다

밤마다 하늘밥상 차려놓고
기다린다

천등산(天登山)에 올라

전설에 의하면

하늘에 오르고 싶은 사람은
하늘길이 열려 있는 천등산을
통해서만이

하늘에 사는 사람과 소통할 수 있다는데
돌아가신 아버님이 그리워
하늘로 향하는 문을 찾아서
천등산을 오른다네

하늘 아래 첫 달빛 마주하니
계신 곳에 가까이 온 것 같아서
추운 줄도 모른다네

나를 심었다네

보시

우리 동네 금강목욕탕에
아들 앞서 보낸 때밀이 김씨는

전생의 깊은 때라도 벗기는 듯
일 년 내내 땀 흘리며
남의 등을 밀고 있다

목욕탕 속의 벗겨진 허물을 볼 때마다
죄 값을 조금은 덜었다는 듯이
이마에 웅크러진 땀 씻으며

보시라고 생각하는 듯
살포시 눈웃음 짓는다.

첫눈

하늘하늘 바람에 앉아 내리는 목화송이
첫눈 속에

새끼 노루 맑은 눈빛의
아내 모습 아른아른하다

한 새벽 처음 눈에 남겨진
발자국처럼

내 눈 속에 맑고 고운 눈망울
스며든다.

그 눈망울 속에
하늘 있다

을미년 끝자락에서

술독에 빠진 세상 구하려다
술독에 비친 내 얼굴
보기 싫어

바닥 들어 한껏 들이키고
눈 떠보니

붉은 원숭이 턱밑에 와 있네

아이 시원타!

나눔

딸랑딸랑 구세군 종소리에
땡그랑 하고
자선냄비 화답한다

기부를 give하는 분들에게
겨울 동치미 국물에 말은 국수 한 그릇
기부하고
시루떡 한 접시를 give합니다

나눔이니까요

냄새와 향기 사이

리치와 초록이 우리 집 강아지
9년 동안 사랑을 많이도 주었지만
개 냄새만 풍기고 있다네

영양탕집이 존재하는 이유는
개에게서 향기가 아닌
개 냄새가 나기 때문이리라

십 년이, 백 년이 가면
개에게서 향기를 볼 수 있을까

주변에 개 같은 사람
참 많다

평화

나를 바라보는 아내의 그윽한 눈빛에
기쁨의 파도 넘쳐난다

매일매일이 새로운 얼굴
귀한 얼굴이란다

뭐가 그리 좋으냐고 물으니
그냥 같이 있어서 좋단다

아내가 행복해 하니
나도 즐겁고

내가 즐거우니
부러운 것 없고

부러운 것 없으니
세상은 아름답다

아내 안에 세상 있고
세상 속에 평화 있다

우리 마을

안성의 배태리라는 동네에
아무런 연고 없이 흘러와
9년을 살고 있다네

나는 여기가 좋다네

탁 트인 공간이 가슴을 시원하게
해주어서 좋고

기분을 좋게 하는 상쾌한 공기가
있어서 좋다네

소나무 가지에 걸터앉아 있는
달님의 인사도 그리 정겹고

물처럼 아래를 보고 살라는 마당 앞
호수의 속삭임에도 귀 기울이며

셀 수 없는 별들과의 교감은 따스하고
저녁노을을 보며

하늘 이야기
나눌 수 있어서 평화롭고

사람을 재단하는 인간의 고무줄 같은
잣대가 없어서 좋다네

그러나 무엇보다도
농익은 아내의 깊은 사랑 때문에
더욱 더 좋다네

막걸리

삼십 수년 전 수원의
광교산이 아직 덜 개발되었을 때
산 정상까지 부목을 받쳐가며
등산로를 내던 인부들은

어린 새끼들을 위해
막걸리 한 잔으로 한 끼의 식사를 대신하며
푸른 하늘빛을 안주삼아
세상 시름 태웠었다

지금은
등산복 곱게 차려입은 선남선녀들의
데이트 코스가 되어버린 그길 위에는

하늘 어둡고 컴컴한 때에
운동화를 술잔 삼아 능히 다섯 켤레는
퍼마셔야 시퍼런 응어리 매듭 풀리는

요상한 놈들의 요상한 세상 이야기를
산 가슴에 토해 냈었던

호기의 깃발이 박혀 있었다는 것을
알기나 하는지

등산길 초입 보리밥 집에서
고추장에 보리밥을 비비며
새끼손가락으로 막걸리를 휘저으며

그 옛날 누군가에게는
눈물이었고 땀이었고 밥이었을
막걸리를 마신다

막걸리 한 잔에 배추 한 닢을
안주로 먹고
주머니에서 파란 배추 한 닢을
내 놓는다

막걸리
걸쭉한 이름
그대로인데

그 옛날
아버지들의 애환은 어딜 갔으며

남아의 호기는 찾을 수 없고
탁주의 정취는 옛것이
아니로구나

오토바이 퀵서비스 기사

전투화에 전투모를 쓰고
전쟁터로 향하는 군인들처럼

한여름에도 완전무장
도시의 정글 속
나만의 고속도로를 달린다

세상을 향한 외침은
마음속 깊이 묻어 둔지 오래고
자본의 논리에 길들여진 순한 양이 되어

오직 빨간 신호등이 바뀌는
순간만을 기다릴 뿐

어제도 달렸고
오늘도 달리고
내일은 적토마처럼 더 달리고 싶은

한 번이라도 더 달려야 한다

봄비

겨울과 봄 사이 간이역 같은
비 내리는 날

때로는
무서운 기세로 세상을 얼어붙게
모두를 떨게 호수를 꽁꽁 얼리더니

그 얼음나라 마술에 풀린 듯
엷은 봄비에 녹아내린다

겨우내 묵은 때 벗기려는 듯
희뿌연 물안개는 자욱이 피어오르고

나뭇가지 사이 새순이 돋고
눈곱 같은 물방울들

긴 겨울잠에서
부스스 깨어 난 새 세상
밝은 빛으로 퍼져나간다

호수 위에 봄의 왈츠 같은 봄비는
감미롭게 흐르고
그 위력은
겨울이 봄이 되고
얼음이 물이 되고
물이 물이 된다

봄비에 겨울호수 얼음 녹아 내며
부드러움이 세상을 지배한다.

채석장

안성시 삼죽면 배태리 채석장에는
오늘도 산 가죽이 벗겨져나간다

처음에는 야금야금
살금살금 벗겨내더니
사람의 탈을 쓴 괴물들이
급기야는 맨살을 찢고 살점을 파 먹는다

한남정맥 산줄기의 맥이 끊기고
산허리도 잘려나가 없던 길도 생겨서
이젠
생명을 잉태할 수 없는 석녀가 되어버린 산

산은
더 이상 산이 아니다

산이 울고 있다
제발 그만 좀 하라고
이제 더 이상은 견딜 수가 없다고

채석장 너머
천주교 공원묘지에 영면하고 계신 분들이
시끄러워 잠을 잘 수 없다고 데모라도 하면
어찌하려고 저리도 산을 파헤치는지

이곳은 착한 양들을 어떻게 다루는지를 잘 아는
괴물들이 살기에 참 좋은
안성맞춤인 도시다

바람이 바램이 되어

능선 타고 넘어오는 골바람에
비린내가 물컹하니
아마도
이 바람은 서해에서 시작된 게다

바람아 바람아
서쪽 바다에서 불어온
바람아

남해의 푸른 물이 빚어낸
우뭇가사리 냉국도 맛보고
대관령목장에서 한우도
한 점 먹어 보려 무나

그리고 치고 또 치고 올라가서
동네 끝자락 함경도 평안도까지

생선도 뿌려 주고
옥수수도 던져 주고

송아지도 몇 마리 풀어 주려 무나
남쪽 바다
따스한 햇살도 뿌려 주려 무나

우리네 마을 빙빙빙
한 번 더
돌고 돌아서 가려 무나

숨 한 번 돌리기

술 주전자 꼭지처럼 뻐드렁하게
튀어나온 중절 치에
밭두렁처럼 짙은 주름살

길가에 좌판을 깔아 놓으신 할머니는
양산을 펼쳐서 그늘을
만드신다

바구니에 담겨져 있는
호박 2개
할머니 얼굴을 닮았다

늙은 호박은 몸으로 보시를 하고
할머니는 하회탈 같은 미소로
세상에 보시를 하신다

2017년 대한민국의 여름에
넉넉함을 주신다

한 남자 그리고
한 여자

남남으로 만나
깊은 연이 된 부부
그 여인

그 사랑으로
우리 삶 무늬가 되어
지금
노년 황혼 빛이 곱다.

3
아내의 방

텃밭에서

내 작은
텃밭에 꽃이 피었다

그녀의 작은 손으로
사부작사부작
조용히
가꾸어 온 내 텃밭

그 텃밭에
피어 있는 내 삶의 보물들
내 핏줄
내 정
내 사랑

그녀의 흰머리

나비 핀으로 치켜 올린 그녀의 머리 밑에
흰 눈발 같은 머리카락
검은 머리 파뿌리가 되도록 살자고 했던
그 언약 가슴 시리도록 져며 온다

행복하게 해주겠다고 달콤하던
사나이 굳은 맹서
그 약속은 뜬구름인 듯 흐르고

내 맘 속에는 아직도
수줍음 많고 귀여운 스물세 살의 새색시로
마치 성장을 멈춘 채 머물고 있는데
세월의 흔적 같은 흰 서리가 내리다니

눈밭 같은 흰머리를 보면 볼수록
아내에 대한 사랑하는 마음은
점점 깊은 우물이 된다

한 오십 년은 살아야

용광로의 뜨거운 열기는
모든 것을 녹여 달아올라야
강한 철이 되듯이

청국장을 끓일 때도
풋고추 두부 멸치가 어우러져 끓여내야
진한 청국장 맛을 내듯

한 남자와 한 여자도 오십 년쯤
서로 태우고 녹여
그 정이 어우러질 때

그때는 눈이 말을 하고
말은 눈이 듣는
마음으로 듣고 말을 하는
부부가 되겠지?

한 오십 년은 살아야

죽 쑤기

죽을 만들어 본다

그녀의 아픈 몸과 마음
치유해주려고

나의 사랑을 맛있게 먹고
하루빨리 낫기를
내 마음을 다하여

그녀의 자리가
이렇게 클 줄이야
내 마음
이제야 알게 되다니

나의 일생 마음 다 담아
죽을 쑤어 본다

유산

운명이었나

아버지 친구 분이 사돈이 된 이야기의
중심에는
스물여섯의 나에게 나타난 막내딸인
그녀가 있었다

젊디젊은 새색시는
낯설고 서투른 소꿉장난 같은 신혼살림에
어색한 호칭에
이름도 부르지 못하고
손짓
발짓으로만

삼십일 며느리가 차려주는 밥상 드시고
영원한 안식에 드셨다

우리의 결혼기념일은
아버지가 물려주신 영원한 유산

선물

새벽 눈에 달빛 차고
세상 고요한데

호수 위에 흰 캠퍼스 펼치고
세상 그림 그리고 계시네
소풍 나온 이들에게
심심하지 말라고
오늘은 눈 장난감 가지고
놀라고 하시네

세상에 온갖 귀한 것 숨겨 놓으시고
찾는 사람이 주인이라고
보물 찾게 하시네

하느님이 주신 선물

겸손히
감사히
귀하게

불면

이유 없이 잠에서 깨어
깨인 잠재울 수 없어

마당을 거닌다

무명 기저귀처럼 하이 얀 눈은
호수 위를 살포시 덮고

새벽 공기의 냉한 상큼함에 뺨은
얼떨떨해 정신없어 하고

별거중인
하늘의 달과 별들이
누구냐는 듯이
멀거둥이 나를 본다

마당의 소나무는
이슬에 젖은 몸으로
촉촉이 하루를 시작하고

굴뚝의 연기는
하늘 위로 흰 꼬리를 흐느적이며
날아가는데

새벽하늘에서
어제와 오늘은 여명 속에
같이 있고
계주 달리기 하듯이
오늘과 내일도 바통을 이어받고

그렇게
어제가 흘러가고
이렇게 어제 같은 오늘에서
내일은 또 오는데

시간은
한탄강 래프팅 물
흘러가듯
멈춤 없이 흐르고

내 인생도 흘러가고
나는 지금
어디로 가고 있는 걸까?

이 새벽 홀로 외롭고
공허한 내 마음

참사랑

촛불이 자기 몸을 살라
어둠을 몰아내듯이

이슬 머금은 풀벌레가
묵묵히 풀 사이를 헤쳐 나가듯이

가정의 밑불을 지피는
아내의 사랑 또한 그러하다

아내의 가족사랑은
몸으로 하는 참사랑

나의 가족사랑은
말로 하는 척 사랑

나의 사랑은 얼마나 부끄러운가?

타는 촛불에 심지가 되어
참사랑을 키워 나가야겠다

3월을 맞으며

이월이 삼월을 시샘하듯
이른 봄에
겨울눈을 쏟아낸다

땅의 맨살이 들어난 곳에서
땅이 꿈틀 거린다
대지가 가죽을 벗고 있다

겨우내 깊게 얼어 있던
호수도 다 녹아
오리가족들 모처럼
봄나들이 한창이고

복숭아나무는 가지 곳곳에
봄의 싹들을 키우고

강아지들도
털갈이를 시작하려는 듯
움직임이 부산하다

추위를 심하게 타는 아내만이
아직도 겨울인 듯
꽁꽁 온몸에 두터운 겨울옷을 걸치고 있지만

해맑은 얼굴 웃음에 봄님은 벌써 와 있다

벌써
삼월은 이월을 저만치 앞서가고 있다

바람과 파도

앞마당 대추나무 곁에서
쉬어 가는 바람님은

바람이 일어
가랑잎을 흔드나

가랑잎이 흔들려
바람이 이나

동해 바닷가 대포항에
이는 파도님은

바람이 불어 파도가 이나
파도가 일어 바람이 부나

백일홍 사랑

목백일홍 꽃나무에서
보이지 않던 실가지들
눈에 들어오기 시작하더니

어머! 어머!
칡넝쿨 담 넘어 가듯이
꽃 몽우리 피어오르기 시작하더니

분홍색 꽃 한 송이
첫새벽에
하늘을 향해 몸을 열었네

순간의 기다림 속에
살포시 다가온
숫처녀 같은 순결이여

된장 풀어논 어항 속 물고기처럼
백일 동안 한껏 취해 보려 한다네

그녀의 통증

선반 위에 놓여 있는
30년 된 오리지널
본차이나 찻잔 접시

연초부터 시름시름
가뭄에 논뻘 갈라지듯이
금이 가고 있다네

수리불능, 보수불가
쓸 만큼 쓰고
내다가 버리라하네

물때
손때
마음 때
눈물 때

선반 위에 곱게 올려
오래도록 향기로만
보려 한다네

고운 손

이른 아침에 잠에서 깨어
살포시
아내의 얼굴을 보다가

가슴 위로 포개어진
작은 두 손 보았네

아픔 한 점에도
따사로운 햇살처럼
녹여버리는 마술 같은 손

넓은 호수를 담고
깊은 산을 품어
사랑으로 넘쳐 흐르는

귀하고 소중한
가장 큰
작은 손

동병상련

간밤에 넘친 산의 물
품어버리는 호숫가 옆
실개천가에서

우산 없이 비를 만난 것처럼
온몸이 비에 젖은 채로
수시로 물가를 지켜보는
왜가리 한 마리

젖은 몸에 외발로 서 있는 것이
새벽 출근을 준비하는
일상이 피곤한
지금의 내 모습 같아서

발이 묶인 잠자리처럼
자리를 뜨지 못하네

길 위의 행복

2호선과 3호선 사이에서
방황하는 나에게

가던 길 멈추고 손가락으로
바른길 가르쳐 주신 분

집에 돌아와 생각하니
오늘 내가
천사를 만났구나

길 위에서 받은 선행
마음에 쌓아 두었다가

이자 쳐서 갚아 주리라
행복전도사 되리라

두마음

무심한 하늘의 물줄기
기다리다가 지쳐서
땅 물 찾아 파고 또 파고

살 벼린 생선뼈 같은 논바닥 위로
멀건이 한 하늘을 바라보면

아스팔트 폐타이어처럼
갈갈이 찢기어진 농부의
마음은 흙 돌인데

중심으로 모여지는
저수지의 좌대 위에서

밤낮으로 낚싯대만 드리우는
저 조사님들은

간밤에 마음근심
몇 마리나 낚았을까?

항아리

우리 집 소나무 밑에 있는
이끼 다 자란 항아리들

된장, 간장, 고추장이
자연 발효될 때까지
마치 임산부가 태중에 있듯
그 진한 것들 몇 년째
몸에 담아 품고 있는데

이젠 달을 채우지 못하고
제왕절개하듯
인위적 발효에 맛을 뺏긴
김치냉장고에 자리 내어주어
눈길 한 번 받지 못하네

새벽 달빛에
말없이 글썽이는 항아리 눈물 보았네

숲속의 공주

새벽에 잠에서 깨어
자고 있는 아내의
고운 얼굴을 보다가

안아주고 싶은 생각에
슬며시 "사랑해요"
하였더니

잠결에도 그 소리
들리는 듯
환한 웃음 짓더라

이내 웃음은 사라지고
깊은 잠에 빠져드는

잠자는 숲속의 공주처럼
사랑스러운 아내

그녀와 새벽 산을 오르며

달빛이 밤하늘을 보듬는 새벽 산
어둠을 헤쳐 가며 아내와 함께
산을 오르다가

부부의 인연을 맺은 첫날부터
히말라야 산을 넘나드는 세르파처럼
저만치 앞서서 나를 인도하는
아내의 뒷모습을 보니

굴곡 많은 인생의 동반 길
내가 누리는 이 호사스러움은
바람막이의 삶이 있었기 때문이리라

날이 밝아오니
아내의 가족 사랑처럼 따사로운
아침 햇살에
이마의 땀방울이 따사롭다

긴 밤

별빛을 주워 담고
백치 같은 달빛이
슬픈 사람과 화해하는 시간

밤샌 술잔 들어 바라보니
간 곳 없이
쓸쓸함만 가득하니

젊어서 세우지 못한 뜻
이제는 나이 탓에
세월 타령만

엷은 달빛에 낮빛이
부끄럽다

벗어나고 싶은 유혹
끝없는
방황의 틀에서

그런
몸부림 시간에서 찾은
새로운 세계

내 영혼을 자유롭게 했다.
그 여운들

4
아름다운 여운

기다림

새벽에
창밖
빗물 부딪히는 소리

문 열라고
외롭다고
이야기하자고

비갠 오후 핸드폰
카톡 문자 벨소리

보고 싶다고
잊지 말라고

저녁 무렵 늙은 개 한 마리
지는 해
바라본다.

가을 서정 1

파란 대추나무 사이로
붉은 대추가 보이니
가을은 그만큼
깊어 갔구나

바닥에 떨어진 대추 잎들
바람에 휘감기어
이리저리 나뒹구는데

늙은 호박처럼 누렇게 말라버린
꽃잎들
가위로 다듬다가
허리 한 번 펴본다

바람결에 왔다가
지나간다
모두

가을 서정 2

짜버리면 온통 수분 덩어리
물 차오르는 안개 속에서

산골 깊은 산장처럼 고요한
호수의 풍경으로

이슬 덧입은 새벽 공기의
촉촉함으로

지난밤 어둠의 무게만큼이나
가을은 짙어만 가는데

아직 채워지지 않은 나에게
생각의 음식을 많이도 가져다주는
가을은

무엇 모르는 사랑이었으면
좋겠네

창밖에 비는 내리고

잠에서 깨어
창문 밖을 바라보니

면발 같은 빗줄기
세상소리 잠재우고

빗소리에 마음은 점점
오그라들어 가는데

소나무에 빗물이 흘러내리듯
물결 따라 온 그대의 숨결

그리움이
가슴속을 타고 흐르네

여행을 마치며

겉말과 속말이 다른
상실의 시대에

앞만 보고
옆을 보지 않는
사람들 사이에서

사자의 눈빛과
사슴의 눈망울로

능선 위의 뭉개구름
태평양 푸른 바다
흰 모래사장
시원한 바람

모든 것
눈에 담았고
가슴에 심어 놓았네

바다보다 깊은 밤

이제
두 밤이면 이별인데

떠나려는 마음은 이유 없이
급해지고

보내려는 마음은 물속에 잠겨버린
돌조각처럼
속표정을 알 수가 없어

분주함과 침묵 속에 시간은
한 점의 멈춤도 없이

한마음이 두마음이 되기도 하고
두마음이 한마음이 되기도 하는

푸르도록 깊게 깊어가는 밤

지상에서 영원으로

아침 출근길에
오늘이 생의 마지막이라는 것을
알기나 하듯

두 손으로 쇠창살을 부둥켜 잡고
울부짖는
트럭에 실려 마장동으로 향하는
살찐 돼지들을 본다

머리를 둘레둘레 바깥세상을 살피며
하늘 향한 코는 마치 화차통의 거친 숨
내 뿜는 것 같은데

독재정권에 항거하다
닭장차에 끌려가는 사람들의 모습이
떠오르는 아침

그때의 매캐한 냄새가 아침공기를
탁하게 한다

사람들의 피와 살이 되기 위하여
열반에 들어가는 돼지들의
지상에서의 마지막 고행을 보며

세상에서의 나의 일상을
되돌아본다

가로등

나는 밤의 파수꾼

전봇대처럼
꼿꼿한 허리로
비바람에 꺾임이 없이
도시의 밤을 지킨다네

나는 육지의 등대

검은 장막 거두어
빛이 되게 하고
밤의 길손 위해
어둠의 바다에서
쉼터가 되어준다네

나는 운명의 순응자

하늘빛 대신해서
땅만을 지향하며
온몸으로

이 밤을 태운다네

사람들은
나를
아버지라는 이름으로
부른다네

가벼운 말

우리 집 앞마당의
30년 된 소나무가
간밤에
내린 함박눈에
한쪽 팔이 잘려 나갔다

그동안
비바람 천둥번개
다 견디어 내더니
가벼운 눈에도
한쪽 팔이 잘려나가는 것을 보면

가벼운 말도
자꾸 하다보면
독이 되나보다

그동안
어머니에게 너무 가깝다고
함부로
말을 쉽게 하지는 않았는지

수없이 겪이여 나갔을
어머니 마음을 생각하니
한쪽 팔이 잘려나간 소나무가
예사롭지 않게 보였다

겨울밤

거실에 앉아
난로에 장작불을 지핀다
생각을 지핀다

온기가 서서히
거실의 냉한 밤공기를 밀어 내며
짙은 어둠을 끌어당긴다

세상은
고요의 바다 속으로 잠수한다

노랗게 익어버린 고구마 냄새
어느 듯 온방 가득하다
계란 노른자처럼 익어버린 감자를
물컥 한입 삼키며

아내와 둘이서
큰아들 여자 친구에 대한 상상의
모닥불을 피우기 시작 한다

막내아들
미운 정 고운 정
철 들어가는 성장통 이야기도 하고
하염없이 타는
불꽃과 눈을 마주하며
머릿속을 백지로 채운다

불살라 재가 되어가는 마른 장작들
끝없는 상념들과 함께
겨울밤이 맛있게 익어가고 있다

세월 무정

어둠이 밀려가는 새벽
얼음 같은 바람에
팔랑개비 소리 거칠다

첫닭 울음에 실려
살 빠진 보름달은

동지팥죽 한 그릇 먹고
어디론가 가버린다

하루가 시작되고
한 해가 저 문다

부고

겨울 끝자락의 폭설이 내릴 때
친구 부인의 부고 소식을 접하네
한때의 시간을 함께 했었던 존재의 사라짐
그 뻥 뚫린 공허함이 가슴을 시리게 하는데

남겨진 사람과
남겨두고 가는 사람 사이의
현세와 내세의 경계는 어떻게 구분해야 할까

처음부터 혼자였던 존재가
다시 처음으로 귀향하는 하늘 길

친구 부인의 혼령이
마치 이 세상에 마지막 작별을 고하는 듯
하얀 눈이 세상천지에 흩날리고 있네

춘풍(春風)

달에서
절기로 넘어가는 길목에서
한 계절은 족히 굶었을 그녀가
한순간에
내 입술을 취해 버렸네

앞섶 풀어헤치고 사정없이
가슴속을 파고드는 첩 같은
그녀는

바람난 망아지처럼 이놈 저놈 가리지 않고
사방팔방으로 몸을 팔고 싶어 안달인데

바람맞은 남정네가
바람난 여자를
만난 것처럼

살아있는 세상 것들은 발정 난
코끼리처럼 요동치고
땅거죽을 찢어대는

분홍빛 봄바람이
온갖 것들 홍바람이
풀어헤친 허리춤 사이에서

그녀가 생명을 잉태한다
그녀가 생명을 방사한다

몽골리아

칭기즈 칸의 후예들이 살고 있는 곳

비에 젖은 청동의 기마병은
그 옛날의 영광을 기억하려는 듯
저만치 먼 바위산을 응시하고

땅 길이 강원도의 흙길과 다르지 않고
산림의 풍성함이 지리산에 뒤지지 않는
가깝고도 먼 나라

내 엉덩이의 검은 몽고반점 하나
먼 옛날 그대와 나는 피를 나눈
형제였던가?

여행 속에 숨어 있는 한적함과 고요함
자연과 숨결을 함께하는
몽골의 초원
삼신나무 빨간 깃발
칸의 후예들이여

어둠으로 접어드는
이국의 풀내음 속에
하늘에 좀 더 가까워진 초원
훨씬 더 커 보이는 능선 위의 초승달
내 뺨을 스치는 소리 없는 밤바람

엷은 하늘은 검은 산색에 급히 녹아들고
먹물로 도배한 하늘엔
하나둘씩 제 모습의 수줍은 별님들

그 속으로 옛적
아낙들의 말소리도 말려 들어가는

어둠 속에
깨어 있는 대지의 숨결이여

유수(流水)

대학교수 정년퇴직하여 낙향하신 김 교수님
소일거리를 묻는 젊은 신부님 에게
"집에서 글을 쓰고 있지요" 한다

말씀하시는 눈빛이 쓸쓸하고
목소리는 풀려서
얼굴에는 석양빛이 가득하고

정기간행물 같은 부고장만 우체통에 쌓여
편지봉투에 적혀 있는 이름 석 자도
점점 낯설어 지는데

신부님의 하늘나라 강론 듣다가
작년에 본 손주 녀석 사진 보면서
자신의 어른 시절을 떠 올린다

비의 소리

가을비에
나무 젖어가는 소리

가을비에
낙엽 지는 소리

그리운 아버지
보고픈 첫사랑 카타리나

환생하는 소리

선물

버스 안에서
어느 형제분이 건네준
농익은 밤톨 한 알

그 안에
넓고 큰 넉넉한 마음 하나
담겨 있었네

눈길 주는 길가의 코스모스
대추 잎 사이로 불어오는 시원한 바람
따사로운 가을 햇살에

소리 없이 뜨거워지는 마음
첫 피정선물 주셨네

싸리비 소리

오늘이 대설이라고
그냥 지나치기가 싫었던지
빗살 같은 눈 내리신다

빗소리 닮은 싸라기 눈 소리
싸리비에 내려앉으면

잔가지들 긁어모아서 다닥다닥
솥단지 속 하얀 밥 냄새 피우던
어릴 적 시골집이 생각도 나고

페치카 굴뚝에 핀 연기만큼이나
머리에 하얀 꽃들이 피었을
푸릇푸릇 전우들도 그립다

세월의 크기만큼이나 쌓여서
가슴에 묻어 두었던 옛 그리움
싸리비 소리에 깨어난다

후배의 부음소식을 듣고

새벽에 날아온 부고문자에
한참을 서성거려도

어둡고 혼란스러운 마음
추슬러 지지 않아

습한 안개 속 검은 어둠은
겨울바람에 이리저리 날리면서
깊어져만 가고

둘 곳 몰라 헤매이는 눈빛들은
밤 고양이처럼
허공에 하나 가득인데

장례식장 옆 기찻길 속으로
열차는 숨어버린
어둠 속을 달려만 가는데

고교 평준화

호수 건너편에
산등성을 향해 나아가는
할머니 등골 같은 산길을 보다가

인공적인 아스팔트 도로가
사람이 가야 할 길의
전부라도 되는 것처럼

연중행사 보도블록 교체하듯이
사각의 틀 속에서
재단되어 나오는 동색들

호숫가 저 푸른 하늘을
날아가는 새들은

앞섬과 물러섬
흩어짐과 모여짐에
막힘이 없어 자연스러워

길의 흔적 남기지 않아

명함

물건 팝니다
물건 팝니다
여기 상태 좋은 물건 하나 있어요

조금 낡기는 하였지만
아직까지는 싼값으로
몇 년은 더 쓸 수 있답니다

명함 집에서 나오는 등록금
고지서들
오늘은 또 어디에서
나를 팔아야 하나

얼마를 더 가야만 하는 걸까

어느 퇴직공직자에 대한 단상

거울에 비추어진 내 모습
얼마 전 그대로인데

실개천 바람결에
하늘하늘 이름 모를 꽃들
모가지의 흔들림도
이제는 보이고

리모컨으로 채널을 돌리듯이
부재중 통화와 문자 메시지를
습관처럼 만지면서
어제와 오늘을 되새김질 한다네

지난밤 장맛비에 씻겨 떠내려간
나뭇가지들처럼 벌써
저만치 앞서가는 분주한 이 마음

좁아지는 차선처럼
작아지는 가슴 안으로
여름 열기 가득하다

빈대떡 신사

북문 빈대떡집에서
30년 만에
고등학교 친구들을
만난다네

추적추적 내리는 비에
지글지글 익어가는 지짐이 소리

지평 생막걸리
한 잔 술에
30년이 농익어 가고

두 잔 술에
추억도
벌겋게 출렁거리네

세 잔 술에
벌써
다 보여 버린 속마음들

빈대는 보이지 않고
풍성하고 넉넉한 마음만
가득 하다네

땅이 힘들어 하늘을 보는 요즈음
잠깐 만났는데
또 보고 싶은 참 좋은 친구들

돌아다보면
저는 원대한 꿈을 세우거나 키 큰 나무가 되기를
바라지는 않았던 것 같습니다
제 삶의 반경은 '가족과 자연'을 넘지 못하였던 것 같습니다.
그러나 아무려면 어떻습니까?
그것이 제겐 가장 소중한 보물인데요.

문뜩 이런 생각을 해 보았습니다
외로울 때
나는 어디에서 위로를 받을까
피곤에 지친 몸 어느 쉼 자리에 뉘일까
나이 들어 친구들도 하나둘 떠나가 버리는데….

그래서 죽을 때까지 내 곁을 지킬 평생 친구 하나 만들어보자는
생각으로 시작(詩作)을 시작(始作)을 하였던 것이지요.

마무리 작업이 되어갈 즈음에는
엄동설한 군부대의 초병이 다음 불침번을 기다리는 것보다도
더욱 더 간절하게 옥동자를 기다리게 되었습니다.

항상 긍정의 에너지를 듬뿍 퍼다 주셨던 다정하신 윤경숙 작가님,
아낌 없는 조언 감사드립니다.

사랑하는 아내와 바르게 잘 키운 두 아들에게도 고맙고,
사랑한다는 말을 전합니다.

2017년 12월의 어느 날

노을 빛이 고운 안성 서가에서
조국형 씀

살포시 그대 품에 안기고 싶다

지은이 | 조국형
펴낸이 | 황인원
펴낸곳 | 다차원북스

신고번호 | 제2017-000220호

초판 1쇄 인쇄 | 2017년 12월 10일
초판 1쇄 발행 | 2017년 12월 15일

우편번호 | 04083
주소 | 서울특별시 마포구 성지5길 19, 104호(합정동, 성우빌딩)
전화 | (02)333-0471(代)
팩시밀리 | (02)334-0471
E-mail | dachawon@daum.net

ISBN 978-89-97659-80-7 03810

값 · 10,000원

이 도서의 국립중앙도서관 출판시 도서목록(CIP)은
서지정보유통지원시스템 홈페이지(http://seoji.nl.go.kr)와
국가자료공동목록시스템(HYPERLINK http//www.nl.go.kr/kolisnet)에서
이용하실 수 있습니다. (CIP제어번호: CIP2017032717)